Queridos lectores,

Hace algunos años, tuve la oportunidad de pasar varios meses en la India, y descubrí un país muy interesante, lleno de color. Así que para mí fue una gran alegría poder regresar allí a través de mi imaginación al trabajar en Tigres al anochecer.

Para aprender más acerca de estos animales hice investigaciones cerca de casa. Visité el famoso Zoológico del Bronx, en Nueva York. Allí vi unos tigres espectaculares, y aprendí que se encuentran en peligro de extinción debido a la cacería ilegal. Muchos zoológicos del país imparten educación al público acerca de la gran necesidad de proteger a los animales salvajes.

Mientras escribía este libro, la delicada condición de los tigres me tocó el corazón. Y espero que también llegue a conmover el de ustedes. Además, tengo la esperanza de que la gente de todo el mundo muy pronto se sume a la tarea de salvar estos feroces y hermosos animales.

Les desea lo mejor,

Mary Pope Osborne

Tigres al anochecer

Mary Pope Osborne

Ilustrado por Sal Murdocca

Traducido por Marcela Brovelli

LECTORUM
PUBLICATIONS INC
a subsidiary of Scholastic Inc.
New York

Para Joy La Brack, con toda mi gratitud por su colaboración

TIGRES AL ANOCHECER

Spanish translation © 2008 by Lectorum Publications, Inc.
Originally published in English under the title
TIGERS AT TWILIGHT
Text copyright © 1999 by Mary Pope Osborne
Illustrations copyright © 1999 by Sal Murdocca

This translation published by arrangement with Random House Children's Books,
a division of Random House, Inc.

MAGIC TREE HOUSE ©
is a registered trademark of Mary Pope Osborne, used under license.

ISBN 978-1-933032-49-8

Printed in the U.S.A.

10 9 8 7 6 5 4 3 2 1

Library of Congress Cataloging-in-Publication Data

Osborne, Mary Pope.
[Tigers at twilight. Spanish]
Tigres al anochecer / Mary Pope Osborne ; ilustrado por Sal Murdocca ; traducido por Marcela
Brovelli.
    p. cm.
Summary: Having used their magic tree house to travel to India, where they must get a gift to
help free the dog Teddy from a spell, Jack and Annie have adventures involving a tiger and other
endangered jungle animals.
ISBN 978-1-933032-49-8 (pbk.)
[1. India--Fiction. 2. Dogs--Fiction. 3. Tigers--Fiction. 4. Jungle animals--Fiction. 5. Endangered
species--Fiction. 6. Space and time--Fiction. 7. Magic--Fiction. 8. Tree houses--Fiction. 9. Spanish
language materials.] I. Murdocca, Sal, ill. II. Brovelli, Marcela. III. Title.
PZ73.O7552 2008
[Fic]--dc22
                                                                              2008015327

ÍNDICE

¡Tigre! ¡Tigre! Luz llameante
En los bosques de la noche;
¿Qué ojo o mano inmortal
Pudo idear tu terrible simetría?

¿En qué distantes abismos, en que cielos
Ardió el fuego de tus ojos?
¿Con qué alas osó elevarse?
¿Y qué mano osó tomar ese fuego?

De *"El tigre"*, por William Blake, 1794

Prólogo

Un día en el bosque de Frog Creek, Pensilvania, apareció una misteriosa casa en la copa de un árbol.

Jack, un niño de ocho años y su hermana Annie, de siete, treparon hasta la pequeña casa de madera. Al entrar, ambos advirtieron que ésta se encontraba repleta de libros.

Muy pronto, Annie y Jack descubrieron que la casa era mágica. En ella podían viajar a cualquier lugar. Sólo tenían que señalar un sitio en uno de los libros y pedir el deseo de llegar hasta allí.

Con el tiempo, Annie y Jack conocieron a la dueña de la casa del árbol. Su nombre es Morgana

1

le Fay. Ella es una bibliotecaria mágica de la época del Rey Arturo y viaja a través del tiempo y del espacio en busca de más y más libros.

En los números 5 al 8 de esta colección, Annie y Jack ayudan a Morgana a liberarse de un hechizo. En los volúmenes 9 al 12, resuelven cuatro antiguos acertijos y se convierten en Maestros Bibliotecarios.

En los libros 13 al 16, ambos rescatan cuatro relatos antiguos que corrían peligro de perderse para siempre.

Y en los números 17 al 20, Annie y Jack deben recibir cuatro regalos para ayudar a liberar a un misterioso perro de un hechizo. Hasta ahora han recibido un regalo a bordo del *Titanic* y otro obsequio de los lakotas. Ahora, Annie y Jack están a punto de partir en busca del tercer regalo…

1

¿A qué distancia?

Camino a su casa, de regreso de la biblioteca, Annie y Jack caminaban por el bosque de Frog Creek.

—Extraño a Teddy —dijo Annie.

—Yo también —agregó Jack.

—Es un perro muy inteligente —comentó Annie.

—Sí. Y muy valiente —agregó Jack.

—Y muy sabio —dijo Annie.

—Y gracioso —dijo Jack.

—Y… ¡mira! —agregó Annie.

—¿Qué? —preguntó Jack.

—¡*Allí!* —dijo Annie señalando el bosque de Frog Creek.

Un pequeño perro color té con leche los observaba desde los arbustos.

—¡Guau! ¡Guau! —ladró.

—¡Uy! ¡Es Teddy! —dijo Jack.

El cachorro salió corriendo y se perdió en el bosque.

—¡Vamos a seguirlo! —propuso Annie.

Ella y su hermano corrieron en busca de Teddy. Los árboles aún se veían iluminados por la tenue luz del anochecer.

El perro corrió por el follaje hasta que por fin se detuvo delante de una escalera de soga. Ésta colgaba del roble más alto del bosque y conducía a una pequeña casa mágica ubicada en la copa del árbol.

Teddy se quedó esperando a Annie y a Jack, jadeando y moviendo la cola con entusiasmo.

—¡Hola, pequeño! —dijo Annie, alzando a Teddy y abrazándolo—. ¡Te extrañamos mucho!

—¡Hola, amigo! —agregó Jack mientras le daba un beso. El cachorro lamió el rostro de Jack.

—¿Llegó la hora de ir a buscar el *tercer* regalo? —preguntó Annie.

Teddy estornudó como queriendo decir: *"¡Por supuesto!"*

Annie se agarró de la escalera de soga y empezó a subir. Jack puso a Teddy dentro de la mochila y siguió a su hermana.

Al entrar en la casa del árbol, ambos encontraron la nota escrita por Morgana le Fay.

La hoja de papel estaba sobre el piso, en el mismo sitio en el que se encontraba dos días antes.

Jack sacó a Teddy de la mochila.

Annie tomó la nota y leyó lo que decía:

Este pequeño perro está bajo un hechizo y necesita que ustedes lo ayuden. Para liberarlo, deben recibir cuatro objetos especiales:

Un regalo de un barco perdido en alta mar
Un regalo de la llanura azul
Un regalo de un bosque lejano
Un regalo de un canguro
Actúen con valentía y sabiduría.Y tengan mucho cuidado.

Morgana

Jack tocó los primeros dos regalos que ya habían conseguido: un reloj de bolsillo recibido a bordo del *Titanic* y una pluma de águila que les dieron los lakotas en las Grandes Llanuras.

—Ahora tenemos que encontrar el regalo del bosque lejano —dijo Annie.

—Me pregunto a qué distancia quedará ese bosque —agregó Jack.

—Yo sé cómo encontrarlo. ¿Dónde está el libro? —preguntó Annie.

Ella y su hermano inspeccionaron la casa del árbol en busca de uno de los libros enciclopédicos que Morgana siempre les dejaba.

—¡Guau! ¡Guau! — Teddy señaló con una pata un libro que estaba en un rincón.

Jack lo levantó y leyó el título: *La vida salvaje de la India.*

—¡Uy, cielos! ¡La India! —exclamó Jack—. Eso queda *muy* lejos.

—Bueno, en marcha. Tenemos que liberar a Teddy —dijo Annie.

Jack señaló la tapa del libro.

—Queremos ir a este lugar —exclamó.

De pronto, el viento comenzó a soplar.

La casa del árbol comenzó a girar.

Más y más rápido cada vez.

Después, todo quedó en silencio.

Un silencio absoluto.

Aunque… sólo por un momento.

2

Kai y Kui

De pronto, un ruido irrumpió en medio de la cálida tarde.

—¡Kai-kui!

—¡Eee-eee!

—¡Akkkk-awkk!

—¿Qué sucede? —preguntó Jack.

Él y su hermana se asomaron a la ventana.

El cielo se veía de un color naranja suave con la puesta del sol.

La pequeña casa se encontraba ahora en la copa de un árbol, junto a un arroyo a la entrada de un bosque.

Los chillidos y graznidos salvajes provenían de los árboles más altos y frondosos del bosque.

Justo un instante después, dos criaturas aterrizaron de un salto sobre el marco de la ventana de la casa del árbol.

—¡Aaaahh! —gritaron Annie y Jack retrocediendo de un salto.

De pronto, Annie se echó a reír.

—¡Guau! ¡Guau! —ladró Teddy.

Dos pequeños monos los espiaban desde la ventana. Tenían el rostro oscuro enmarcado con pelaje de color gris más claro. Ambos se veían como si llevaran puesto un pequeño abrigo.

—Hola, soy Annie. Él es Jack y este pequeño se llama Teddy. Y ustedes, ¿cómo se llaman? —preguntó Annie.

—Kai-kui, kai-kui —chillaron los monos.

—Genial —dijo Annie.

—Ella se llama Kai y él, Kui —le dijo Annie a su hermano.

—Te apuesto que son hermanos —agregó Annie.

Kai y Kui soltaron un chirrido, como riéndose de la broma de Annie. Los pequeños ojos amarillos de ambos brillaban intensamente.

—Hemos venido a buscar un regalo en el bosque. ¿Saben dónde podemos encontrarlo? —preguntó Annie.

Los pequeños monos movían la cabeza como si hablaran entre ellos. Después bajaron del árbol.

Bajaron de rama en rama, agarrándose de ellas con la cola y los brazos. Cuando llegaron al suelo miraron hacia arriba.

—¿Vienes, Jack? Trae a Teddy —dijo Annie. Y bajó por la escalera de soga.

Rápidamente, Jack recorrió las páginas del libro *La vida salvaje de la India*. Encontró un dibujo en el que se veían dos pequeños monos de color gris:

Esta especie de mono recibe el nombre de *langur*. Y significa que tiene una cola larga.

Jack sacó el lápiz y el cuaderno de la mochila y escribió lo siguiente:

Langur significa "cola larga"

De pronto, desde abajo, mezclada con los sonidos del bosque, se oyó la risa de Annie.

—¡Guau! ¡Guau! —ladró Teddy.

—Está bien. De acuerdo —dijo Jack.

Colocó el libro, el cuaderno y a Teddy dentro de la mochila. Y se apresuró para reunirse con su hermana.

Annie jugaba con los monos langures a la orilla del arroyo.

Jack puso a Teddy en el suelo.

Kai se acercó a Jack y le tomó la mano. La mano del mono se sentía como una pequeña mano humana.

Kai condujo a Jack hacia el bosque. Kui hizo lo mismo con Annie. Teddy los seguía correteando un poco más atrás.

Luego los dos monos treparon a un enorme y frondoso árbol y empezaron a balancearse de rama en rama, como dos niños jugando.

Annie corría debajo de los monos para no perderlos de vista, al igual que Teddy hacía con Annie.

—¡Espera! ¡Espera! —gritó Jack, mientras se apuraba para seguir a su hermana—. Annie, ¡no corras tan rápido! ¡No sabemos nada sobre este lugar!

Los monos langures, que parecían comprender las palabras de Jack, aminoraron la marcha. Luego, Jack pudo alcanzar a su hermana y juntos atravesaron el bosque.

—Esto es asombroso —exclamó Annie.

Jack estaba de acuerdo con su hermana.

La puesta de sol encendía los árboles con un brillo rojizo.

El aire caluroso tenía un olor dulce.

Pavos reales de color azul desplegaban sus espléndidas colas.

Pájaros de color amarillo volaban de rama en rama.

En un claro del bosque un pequeño ciervo comía flores coloradas.

—Esto es el paraíso —dijo Annie.

—Sí. Pero no olvides el título del libro: *La vida salvaje de la India*. Si hay vida salvaje hay animales peligrosos —explicó Jack.

De pronto, en el tronco de un árbol vio varias incisiones, largas y profundas. Jack se detuvo frente al árbol.

—Y esto, ¿qué es? —preguntó.

Annie se encogió de hombros y siguió caminando.

Jack sacó el libro de la mochila y empezó a hojearlo. En una de las páginas vio un dibujo de un árbol con los mismos cortes.

Enseguida, se puso a leer:

Los tigres afilan sus garras en los troncos de los árboles dejando profundas y largas incisiones en la corteza.

—¿Qué? —exclamó Annie. Y se detuvo para volver a mirar el árbol que había quedado atrás.

—¿Te das cuenta? —repuso Jack—. Aquí hay tigres. Y uno de ellos anduvo justo por este lugar.

3

Vida o muerte

—¿Tigres? —preguntó Annie—. ¡Genial!

Jack continuó leyendo.

> Un tigre llega a comer casi 5.000 libras de
> carne al año.

—¡Uy, no! ¡Esto no es tan genial! —exclamó
Annie. Jack siguió leyendo.

> Los tigres por lo general no atacan a los
> elefantes. Y, al igual que muchos felinos más
> pequeños, a menudo evitan los perros salvajes.

Teddy gruñó de repente.

19

—Perros *salvajes* dije —aclaró Jack—. A ti un tigre te comería de un bocado.

Teddy gruñó otra vez.

Justo en ese instante, Kai y Kui empezaron a chillar: —¡Kai-kui! ¡Kai-kui!

Los pavos reales ululaban sin parar: —¡Glo! ¡Glo!

Los cervatillos balaban nerviosos y clavaban las pezuñas en el suelo.

—¿Qué pasa aquí? —preguntó Annie.

—Es mejor que pongamos a Teddy a salvo —dijo Jack.

Y colocó al cachorro dentro de la mochila. Ya dentro de su escondite, Teddy asomó la cabeza para curiosear.

—¿Estás bien? —Jack le preguntó a Teddy.

El pequeño ladró de nuevo.

Justo en ese momento, se oyó un profundo y feroz gruñido que pareció acorralarlos a todos.

A Jack se le erizó el cabello.

—¡AAAAyyyyy! —exclamó Annie.

—¡Un tigre! —dijo Jack.

—¡Guau! ¡Guau! —ladró Teddy.

Kai y Kui les gritaban a Annie y a Jack desde la copa de un árbol.

—¡Quieren que subamos con ellos! —dijo Annie—. ¡Vamos! —y se agarró de una rama para treparse al árbol.

A Jack le temblaban las manos al colgarse la mochila de los hombros.

Luego se agarró de una rama y trepó con fuerza.

Otro feroz gruñido hizo estremecer al bosque.

—¡Uy, cielos! —exclamó Jack.

—¡Kai-kui! ¡Kai-kui! —Los monos treparon aún más arriba.

Annie y Jack comenzaron a trepar detrás de ellos, subiendo de rama en rama.

Más arriba, el cielo había dejado de brillar. El color naranja del atardecer se había teñido de un gris oscuro que anticipaba la noche.

Jack miró hacia abajo. No podía ver el suelo.

Y se quedó escuchando a la espera de otro temerario rugido.

Pero sólo los sonidos de los animales asustados llenaban el aire.

—Tal vez el tigre se fue —dijo Annie.

Jack echó una mirada a los pequeños langures. Estaban uno sentado al lado del otro, muy juntos. Sus rostros de color oscuro se veían preocupados.

—O tal vez *no* —agregó Jack.

—¿Cómo haremos para caminar por el bosque sin toparnos con él? —preguntó Annie.

—Tenemos un problema. Y, además, ya está oscureciendo. Pronto, no podremos ver nada —comentó Jack.

Kai y Kui gritaban otra vez, señalando el tronco del árbol.

—¡Guau! ¡Guau! —Teddy ladró desde su escondite.

—¿Pueden ellos ver el tigre? —preguntó Jack, con el corazón acelerado. No podía ver otra cosa que ramas y hojas.

Luego, más abajo, vio que el tronco se *movía*.

—¡Una serpiente! —dijo Annie.

La serpiente se deslizaba abrazada al tronco del árbol. Tenía manchas de color negro y canela sobre el lomo y ¡su cuerpo era tan ancho como el tronco!

—Es una *pitón* —exclamó Jack, casi sin aire.

La serpiente continuó deslizándose hacia arriba.

—¿Es venenosa? —preguntó Annie.

Jack sacó el libro para investigar. Y con el último reflejo de luz, encontró una foto y leyó:

La pitón no es una víbora venenosa.

—¡Qué suerte! —exclamó Annie.

—Espera, no te apures —dijo Jack. Y siguió leyendo.

Para alimentarse, este reptil aprieta su presa hasta matarla y luego se la traga entera. Una víbora pitón es capaz de tragarse un animal del tamaño de un ciervo adulto.

—¡Qué asco! —exclamó Annie.

—Ésta es una cuestión de vida o muerte, hermanita —explicó Jack.

Kai y Kui comenzaron a hacer gestos y ruidos para llamar la atención de Annie y de Jack.

—Ahora no. Tenemos que pensar en algo —dijo Jack.

Los pequeños monos langures eligieron unas lianas gruesas y, tomando impulso, ¡se alejaron del árbol!

Los monos se deslizaron por el aire como dos trapecistas de circo. Saltaron por encima de altos arbustos y la espesa hierba hasta que se posaron en la copa de otro árbol.

Allí empezaron a chillar mirando a Annie y a Jack mientras agitaban los brazos.

—Yo sé lo que tratan de decirnos —comentó Annie—. ¡Quieren que hagamos lo mismo!

4

¡A columpiarse!

Annie se agarró de una liana.

Jack se volvió para mirar a la víbora pitón. El gigantesco reptil todavía seguía avanzando por el tronco hacia lo alto. Casi había alcanzado la rama en la que estaban.

Jack respiró hondo. Y también se agarró de una liana.

—Echémonos hacia atrás como hicieron Kai y Kui —sugirió Annie.

Ambos se inclinaron hacia atrás.

—¡Uno, dos, tres... ahora! —dijo Annie.

Y se alejaron del árbol.

Jack sintió que el estómago le daba vuelta. El aire le pegaba en el rostro.

Las hojas y las ramas le rozaban todo el cuerpo.

De pronto, el bosque se sacudió con un feroz rugido.

Rápido, como una llama, ¡un tigre saltó desde entre los arbustos!

Sus ojos amarillos resplandecían como chispas. Sus dientes brillaban como dagas blancas. Y con las garras, casi alcanzó a Annie y a Jack.

—¡AAAAHHHH! —gritaron.

El tigre aterrizó provocando un estruendo entre los arbustos.

Annie y Jack alcanzaron el árbol donde estaban los monos.

Con una pierna, Jack se abrazó al tronco. Soltó la gruesa liana y se agarró de una rama.

—¡Uy, cielos! —exclamó, todavía asustado.

Los pequeños monos lo tocaron cariñosamente como tratando de asegurarse de que Jack estaba bien.

—¡Qué genial! ¡Esto sí que fue divertido! —dijo Annie, sentada sobre una rama.

—¿Divertido? ¿Te has vuelto loca? —preguntó Jack.

—Me encantó saltar de un árbol a otro. Pero el tigre me asustó —explicó Annie.

En ese momento, el árbol empezó a sacudirse. Y las ramas comenzaron a quebrarse debajo de ellos.

—¡Uy, no! —exclamó Jack.

—Y los tigres, ¿pueden treparse a los árboles? —preguntó Annie.

—Es probable —respondió Jack. Se abrazó al tronco y cerró los ojos con fuerza.

Desde más abajo se oían crujidos y arañazos, y parecía que alguien masticara algo.

Teddy gruñó con furia.

Jack gimió asustado.

—Ahora el tigre se está *comiendo* el árbol —dijo Jack.

Annie explotó en una carcajada.

Kai y Kui chillaban como si rieran a la par de Annie.

—¡Guau! ¡Guau! —Teddy ladró otra vez.

—¿Qué pasa? —preguntó Jack abriendo los ojos.

—¡Mira! —Annie señaló el crepúsculo.

Un grueso cilindro de color gris se movía en el aire.

—¿Otra víbora? —preguntó Jack, horrorizado.

—¡No! ¡Es la trompa de un elefante! —contestó Annie.

Moviéndose entre las ramas, la trompa se acercaba a Annie y a Jack como si quisiera olfatearlos. Luego, arrancó varias hojas del árbol y se alejó.

—¡Vamos a ver qué pasa! —dijo Annie.

Con Teddy aún dentro de la mochila, Jack siguió a su hermana hasta llegar a una rama inferior.

En silencio, ambos espiaron por entre las ramas, en clara penumbra.

Bajo la noche recién nacida, Annie y Jack vieron una manada de elefantes.

Uno de ellos estaba cerca del árbol comiendo hojas de las ramas. Los otros comían pasto en la cercanía.

—Eh, se me acaba de ocurrir algo genial —dijo Annie.

5

Caminata nocturna

—Ah... ¿sí? ¿Y de qué se trata? —preguntó Jack.

—Yo sé cómo escapar del tigre —respondió Annie—. Nuestro libro dice que los tigres no atacan a los elefantes, ¿no es así? —preguntó.

—Sí —contestó Jack.

—Entonces tendríamos que viajar por el bosque montados sobre el lomo de un elefante —explicó Annie.

Jack asintió moviendo la cabeza lentamente.

—Esa *sí* que es una buena idea —dijo Jack—. Pero...

—¿Cómo que "pero"? Yo me subiré primero —dijo Annie.

Annie se deslizó hacia abajo por el tronco del árbol hasta que estuvo muy cerca del lomo del elefante. Con mucho cuidado, se alejó de la rama de la que se sostenía y descansando un pie sobre el animal se soltó por completo de la rama. Después, con cuidado, Annie se sentó sobre el lomo del elefante.

El enorme animal dejó escuchar un suave resoplido y se movió un poco.

—No te preocupes, soy yo —dijo Annie. Y acarició el lomo del inmenso elefante—. Gracias, Saba —agregó.

—¿Saba? —preguntó Jack.

—Sí, ese es su nombre. Es mujer, me lo acaba de decir —comentó Annie.

—Sí, claro —agregó Jack.

—¡Guau! ¡Guau! —ladró Teddy.

—Vamos, Jack. Será divertido —dijo Annie.

Jack suspiró y lentamente se fue deslizando hacia abajo. Cuando estaba cerca de Saba se soltó de la rama.

Colocó los dos pies sobre el enorme animal y con mucho cuidado se sentó delante de su hermana.

Saba volvió a resoplar.

—Dile que no se preocupe. Hazle una caricia en la cabeza —sugirió Annie.

—No te preocupes, Saba —dijo Jack.

Le acarició la cabeza. Tenía la piel áspera y arrugada.

El elefante enrolló la trompa y la dejó descansar sobre la cabeza de Jack.

—Hola —saludó Jack en voz baja.

—Saba agitó las orejas.

Kai y Kui bajaron al suelo de un salto, justo en frente de Saba, y comenzaron a chillar como si quisieran decirle algo. Ella movió la trompa para saludarlos. Los pequeños monos langures empezaron a avanzar por el bosque.

Saba los seguía un poco más atrás.

El resto de la manada caminaba en fila detrás de Saba, que avanzaba con movimientos lentos y ondulantes. A Jack le pareció que iba montado sobre una ola gigante.

Por entre los árboles ya había comenzado a asomarse una luna llena.

—¿Adónde vamos? —preguntó Jack.

—Relájate. Kai y Kui saben adónde tienen que ir —explicó Annie.

—¡Guau! ¡Guau! —Los ladridos de Teddy se oyeron desde el interior de la mochila de Jack.

—Tú también relájate —le dijo Jack.

A lo largo del camino se veían luciérnagas que se encendían y se apagaban sin parar. La luna pintaba un sendero en el follaje nocturno mientras los elefantes se abrían paso.

De pronto, desde lejos se oyó un gruñido.

"¿Será el tigre?", se preguntó Jack.

Los elefantes no se detuvieron. Siguieron caminando por el cálido bosque, avanzando lentamente por debajo de ramas colgantes, atravesando húmedos claros de vegetación.

Kai y Kui iban un poco más adelante. Las sombras de la luna guiaban el camino.

—Nos estamos alejando de la casa del árbol —alertó Jack.

—No te preocupes —dijo Annie.

De repente, un sostenido rugido quebró la

quietud de la noche.

Jack sintió un escalofrío en toda la espalda.

El rugido se oyó otra vez. Pero ahora era intenso como un aullido. Hasta que por último el aterrador sonido se transformó en un insistente gemido, como si todo el bosque gimiera a la vez.

—Qué sonido tan triste —dijo Annie con voz somnolienta.

—Es verdad —dijo Jack.

Pero los elefantes continuaron la marcha.

Jack comenzaba a adormecerse con el movimiento lento del caminar de Saba. Podía escuchar los ronquidos de Teddy dentro de la mochila.

No pasó mucho tiempo hasta que Jack apoyó la cabeza sobre el lomo del elefante y dejó llevarse por los sueños. Soñaba que se mecía en un bote debajo de árboles enormes.

6

La criatura del pantano

—¡Cof! ¡Cof!

—¡Auk! ¡Auk! ¡Auk!

Lentamente, Jack volvió a la realidad. Abrió los ojos, sobresaltado.

Se vio rodeado por la nebulosa luz del sol.

"¿Dónde estoy?", se preguntó, lleno de pánico.

Luego recordó que se encontraba en la India, ¡montado sobre el lomo de un elefante!

Se enderezó y a través de la neblina comprobó que Saba estaba parada sobre la fangosa orilla de un arroyo.

Jack bostezó. ¿Dónde estaba Annie?

El resto de los elefantes estaba en la orilla un poco más lejos, echándose agua con las trompas.

Teddy, Kai y Kui se encontraban a la entrada del bosque. Teddy olfateaba el pasto alto. Los monos comían flores.

—¡Buenos días! —exclamó Annie.

Estaba sentada sobre una gran roca negra cerca del arroyo. Tenía los pies descalzos y mojados.

—Hola, ¿cómo te bajaste? —preguntó Jack.

—Saba nos sirvió de rampa para bajar al lodo —explicó Annie—. Inténtalo.

Pero primero arroja la mochila y las zapatillas.

Annie se acercó a Saba. Tenía los pies hundidos en el fango hasta los tobillos.

Jack le arrojó las cosas a su hermana. Luego acarició la piel dura y arrugada del elefante.

—Gracias por traerme hasta aquí —dijo.

Por última vez, Saba acarició la cabeza de Jack con la trompa.

Luego, él se deslizó por un costado del elefante y se cayó al fango. Se sostuvo con las manos, que quedaron enterradas hasta la muñeca. Tenía fango hasta en los lentes.

—Lávate en el arroyo —sugirió Annie.

Ella colocó la mochila y las zapatillas de Jack sobre la roca mientras él entraba al agua fría del arroyo.

Jack se quitó el fango de las manos y de los pies. Limpió los lentes y después miró a su alrededor.

Saba se había reunido con el resto de la manada. Los elefantes se veían hermosos con la niebla matinal.

Todo se veía absolutamente bello.

Aves acuáticas de color azul y amarillo

desplegaban las alas. Lianas musgosas · se balanceaban con la brisa de la mañana. Y enormes flores blancas flotaban en la superficie del arroyo.

De repente, Jack vio algo extraño. Parecía tener una especie de cuerno y dos orejas que asomaban fuera del agua. Una se agitaba de un lado al otro para espantar una mosca.

—Hay una criatura muy rara aquí. Parece que tiene un cuerno.

Annie entró al arroyo.

—Será mejor que consulte el libro —dijo Jack.

Y se apuró para ir en busca de la mochila, mientras se secaba las manos en la camiseta. Sacó el libro sobre la India.

Encontró un dibujo de un cuerno que asomaba fuera del agua. Debajo del dibujo decía lo siguiente:

Los rinocerontes tienen un cuerno y acostumbran a bañarse en el agua de los

arroyos. Estos animales no son peligrosos
pero debido a que no pueden ver bien, en
ocasiones atacan por error. Si escuchan un
ruido fuerte se detienen.

Jack sintió pena por los rinocerontes. *"Qué
lástima que los animales no puedan usar lentes"*,
pensó. Y continuó leyendo:

El rinoceronte de la India es una especie en
peligro de extinción. Esto quiere decir que
quedan muy pocos. Los cazadores furtivos los
matan y venden muchas partes de su cuerpo
como medicinas y amuletos de la buena suerte.

De inmediato, Jack sacó el cuaderno.

Justo en ese instante, en el arroyo se oyó un
chapoteo.

—¡Uy! —exclamó Annie.

Jack miró hacia arriba.

El rinoceronte había salido del arroyo. Parecía
una criatura de otra era.

—¡Uy, cielos! —exclamó Jack.

El rinoceronte observó a Annie a través de sus pequeños ojos.

Después resopló con fuerza. Bajó la cabeza y apuntó el cuerno hacia Annie.

—¡Haz un ruido fuerte! —dijo Jack, desesperado.

Annie aplaudió y gritó con fuerza:

—¡Venimos en son de paaaaaz!

El rinoceronte se detuvo. Gruñó con fuerza y volvió a sumergirse en el agua.

Annie se echó a reír.

—¡Uf! —exclamó Jack—. Será mejor que escriba esto en mi cuaderno.

—¡Guau! ¡Guau! —ladró Teddy desde la entrada del bosque.

—Y yo, mejor que me ocupe de Teddy —agregó Annie.

Y se apuró para salir del arroyo y alcanzar al cachorro. Jack sacó el cuaderno de la mochila y escribió lo siguiente:

rinoceronte de un cuerno

especie en peligro de extinción

necesita lentes

—¡Jack! —gritó Annie mientras se acercaba corriendo, con Teddy detrás de ella—. ¡Ven pronto!

—¿Qué pasa? —preguntó Jack.

—¡Encontramos algo espantoso! —dijo Annie, a punto de llorar—. Es *terrible*.

7

¡Atrapado!

Rápidamente, Jack guardó las cosas dentro de la mochila y corrió detrás de su hermana hacia la entrada del bosque.

Teddy se quedó cerca de ellos, lloriqueando. Kai y Kui brincaban y chillaban nerviosamente.

Cuando Jack se acercó un poco más vio un tigre tirado en el suelo, de costado, completamente inmóvil. Tenía los ojos cerrados. Y una de las patas delanteras estaba atascada en una trampa.

—¿Está muerto? —preguntó Jack.

—No, todavía respira —respondió Annie. Una

lágrima rodó por su mejilla—. Está agotado de tanto luchar por soltarse. Debe de haber quedado atrapado anoche. El sonido triste que oímos lo hizo él.

—¿Qué podemos hacer? —preguntó Jack.

—Tenemos que liberarlo —respondió Annie. Y empezó a acercarse al tigre.

—¡Espera! ¡Espera! —Jack sostuvo a su hermana del brazo—. Los tigres se comen a la gente, tú lo sabes —Jack respiró hondo—. Veamos qué encuentro en el libro.

—Apúrate —dijo Annie.

Jack abrió el libro sobre la India y encontró un capítulo que se llamaba "Trampas para tigres". De inmediato, se puso a leer:

Los cazadores furtivos cazan tigres de la India con trampas de acero. Esto está prohibido por la ley. Después de atrapar a un ejemplar, los cazadores lo matan y lo venden por partes. Al igual que los rinocerontes, el tigre corre serio peligro. Si esta matanza no se detiene ambos animales se extinguirán. Esto quiere decir que un día desaparecerán por completo de la Tierra.

—¡Uy, no! *¡Tenemos* que salvarlo! —dijo Jack.

Debajo del párrafo había un dibujo de la trampa que utilizan para cazar los tigres. Jack la estudió detenidamente. Se veía horrible, mortífera.

—De acuerdo —dijo, y le mostró el dibujo a su hermana—. Tengo un plan. Mientras yo presiono esta parte para que la trampa se abra, tú tiras de la pata para soltarla. ¿Entiendes?

—Descuida. Siéntate, Teddy —dijo Annie.

El pequeño cachorro obedeció al instante.

Los monos observaban la escena en silencio mientras Annie y Jack se acercaban al tigre.

Jack jamás había visto una criatura tan majestuosa. La enorme cabeza era de color naranja oscuro. Tenía perfectas rayas de color negro y blanco en la cara.

La pata, atascada en la trampa de acero, no dejaba de sangrar.

Lentamente, Jack bajó la palanca.

Con cuidado, levantó la barra que aprisionaba la pata del animal.

El tigre aún estaba dormido.

Lentamente, y con cuidado, Annie liberó la pata y acarició al tigre con ternura.

—Que te mejores —susurró.

El tigre continuaba inmóvil.

Lentamente, Annie y Jack se pusieron de pie.

Se alejaron un poco en puntas de pie hacia los monos.

—¡Kai-kui! ¡Kai-kui! —alertaron los pequeños langures.

Annie y Jack se dieron vuelta.

El tigre se había puesto de pie. Tenía los ojos, brillantes como dos llamas, fijos en los niños.

Desesperado, Jack miró a su alrededor. ¿Podrían escapar?

De pronto, el tigre rugió con furia.

Lentamente empezó a caminar hacia Annie y Jack.

8

El perro maravilla

El inmenso tigre se acercó cojeando hacia Annie y Jack.

De pronto, Jack empezó a aplaudir.

—¡Venimos en son de paz! —gritó.

Pero el tigre siguió avanzando. De sus ojos parecía salir fuego. Tenía la boca abierta.

—¡Guau! ¡Guau! —Teddy empezó a ladrar mirando a Annie.

—Teddy dice que corramos y nos escondamos —dijo Annie.

Ella tomó a su hermano de la mano y lo llevó

hasta la orilla del arroyo.

—Espera… ¿y Teddy? —preguntó Jack.

—¡No te preocupes! —contestó Annie.

Y llevó a su hermano casi arrastrándolo hacia la roca negra.

—¿Qué pasará con Teddy? —insisitió Jack.

—Estará bien. Él me lo dijo —respondió Annie.

Jack se quedó escuchando los ladridos de Teddy que, de golpe, se transformaron en feroces gruñidos.

—¡GUAU! ¡GUAU! ¡GRRR! ¡GRRRR!

Los gruñidos se oían cada vez más fuertes.

—Ése no es Teddy —dijo Jack.

Después, de pronto, todo quedó en silencio. Un silencio extraño.

—¿Teddy? —llamó Annie. Ahora *ella* sonaba preocupada.

Annie levantó la cabeza. Ella y su hermano espiaron por encima de la roca.

Teddy estaba parado sobre la hierba. Se veía más alto y valiente que nunca.

El tigre se alejó cojeando con la pata lastimada. Después desapareció entre los árboles.

Parecía que el bosque entero se había quedado sin aliento. Hasta que por fin Annie rompió el silencio.

—¡Teddy, eres un perro maravilla! —exclamó.

Los monos langures aplaudían y saltaban sin parar.

—¡Guau! ¡Guau! —Teddy volvió a verse como el perro lanudo y enmarañado de siempre, moviendo la cola y corriendo hacia Annie y Jack.

Cuando lo tuvo cerca, Annie lo tomó en los brazos.

—¡Tú nos salvaste! —dijo.

—¿Cómo lograste espantar al tigre? ¿Te convertiste en un perro salvaje? —Jack le preguntó al cachorro mientras le acariciaba la cabeza.

Teddy jadeaba y lamía el rostro de los dos.

Jack se acomodó los lentes y se dio vuelta para observar el bosque.

—Bueno, creo que del tigre no recibiremos ningún regalo de agradecimiento —comentó Jack.

Annie se echó a reír:

—Creo que no. ¿Dónde estará nuestro regalo? —se preguntó.

—Y yo me pregunto dónde estará la casa del árbol —agregó Jack.

Kai y Kui chillaban, mirando a Jack. Luego bajaron por la orilla del arroyo, haciéndoles señas.

—Quieren que vayamos con ellos. Vamos... —sugirió Annie.

Recogieron sus cosas de la roca y avanzaron orilla abajo siguiendo a los pequeños monos langures.

El agua brillaba con la luz de la mañana, que recién nacía. Peces de color plata saltaban por encima del agua.

Teddy caminaba más adelante junto a los monos. Pronto, los tres desaparecieron detrás de una curva.

Annie y Jack los seguían un poco más atrás.

Cuando llegaron a la curva vieron a un hombre con las piernas cruzadas, sentado sobre una roca. Los monos langures se sentaron junto a él.

El hombre tenía los ojos cerrados.

Tenía el cabello blanco y largo al igual que su extensa barba. Tenía la piel morena.

Se veía *muy* sereno.

9

El ermitaño

Kai y Kui alisaron el cabello blanco del anciano con sus pequeñas manos y le acariciaron las mejillas suavemente.

Éste sonrió y les dijo algo al oído, sin abrir los ojos.

Teddy se acercó al anciano y le lamió las manos.

Él siguió con los ojos cerrados, pero acarició el pelaje de Teddy.

—Hola…. —dijo Annie.

—¿Quién anda ahí? —preguntó el hombre de barba blanca.

Y viró el rostro hacia donde estaban Annie y Jack. Ahora tenía los ojos abiertos, pero, al parecer, no podía verlos. El anciano era ciego.

—Hola, soy Annie —dijo ella.

—Y yo soy Jack —agregó él.

El anciano sonrió.

—Bien —dijo moviendo la cabeza, en señal de aprobación—. ¿Quieren quedarse un rato?

—Por supuesto —respondió Annie.

Ella y Jack se sentaron junto al anciano.

—¿Tú vives en el bosque? —preguntó Annie.

—Sí —contestó el anciano.

—¿Eres un ermitaño? —preguntó Jack.

—Sí —respondió el anciano.

—¿Qué es un ermitaño? —preguntó Annie.

—Los ermitaños viven lejos del resto de la gente —contestó el hombre de barba blanca—. Nos agrada estar solos para poder pensar. Yo vivo en el bosque para aprender de la naturaleza.

—¿Y cómo haces para aprender? —preguntó Jack.

—Escucho —respondió el hombre ciego.

—¿Qué escuchas? —preguntó Jack.

—El chillido de los monos, el bramido de los elefantes, el rugido de los tigres —explicó el anciano—. Hace tanto tiempo que escucho. Todos los sonidos forman parte de una misma voz. La gran voz del bosque.

—¿Te dijo la voz que anoche un tigre quedó atrapado en una trampa? —preguntó Annie.

—Sí —contestó el anciano.

—¿Y te dijo también que después de que nosotros lo salvamos quiso atacarnos? —agregó Jack.

El ermitaño sonrió:

—Por favor, tráiganme una de las flores blancas que flotan en el arroyo —dijo.

Jack se preguntó por qué el ermitaño había cambiado de tema.

Pero Annie se levantó de un salto y corrió hacia el arroyo. Arrancó una de las flores más grandes, con raíz y todo. Y se la llevó de inmediato al anciano.

—Gracias —dijo él.

El anciano tocó los largos pétalos blancos de la flor y la raíz llena de fango.

—Esta perfecta flor de loto crece en el lodo más profundo. Su belleza no podría existir sin la fealdad. ¿Comprenden? —preguntó el anciano.

—Sí —respondieron Annie y Jack.

—Cuando ustedes salvaron al tigre ustedes salvaron *todo* lo que hay en él —explicó el anciano—. Salvaron su belleza llena de gracia *y también* su ferocidad y naturaleza salvaje. Es imposible tener una cosa sin la otra.

—Ah, comprendo —dijo Jack.

—Llévense esta flor de loto como muestra de agradecimiento de todo el bosque por salvar a nuestro feroz amigo —dijo el anciano—. Nuestro mundo no estaría completo sin él.

Annie tomó el regalo que le entregó el anciano.

—El regalo del bosque lejano —agregó.

—¡Guau! ¡Guau! —Teddy agitó la cola.

Los monos aplaudían sin parar.

—Ahora podemos irnos a casa si encontramos el camino… —agregó Jack.

—No se preocupen —contestó el anciano—. La casa del árbol está cerca de aquí. Los elefantes caminaron en círculo, así que ustedes se encuentran justo en el mismo lugar donde empezaron.

—¿De verdad? —preguntó Jack.

El anciano señaló en dirección al cielo.

Allí estaba la casa del árbol. En la copa de un árbol cercano.

—Uy… ¡Estupendo! —dijo Jack suspirando.

—Te dije que no te preocuparas —agregó Annie. Ella y Jack se colocaron las medias y las zapatillas y se pusieron de pie.

Antes de irse Annie tocó la mano del anciano.

—Gracias por todo —dijo.

El hombre de barba blanca sostuvo la mano de Annie por un momento. Luego tomo la mano de Jack. Éste sintió que una profunda ola de paz invadía todo su cuerpo.

—Gracias —le dijo al anciano.

Kai y Kui extendieron los brazos mirando a Annie y a Jack. Los niños abrazaron a los monos.

—Los vamos a extrañar —dijo Annie.

—Han sido estupendos guías de turismo. ¡Adiós! —agregó Jack.

Luego Annie y Jack partieron hacia la casa del árbol. Teddy los seguía correteando.

Cuando llegaron a la escalera de soga, Jack puso a Teddy dentro de la mochila y empezó a subir hacia la casa.

Annie llevaba la flor de loto.

Dentro de la casa del árbol, Jack tomó el libro de Pensilvania. Pero, antes de pedir el deseo, miraron por la ventana por última vez.

A lo lejos, divisaron a Saba y al resto de la manada bañándose en el arroyo.

Luego vieron a Kai y a Kui balanceándose de liana en liana.

Vieron el tigre acostado al sol sobre la hierba, lamiéndose la pata lastimada.

Vieron ciervos pequeños comiendo pasto.

Vieron pájaros de brillantes colores sobre las ramas de los árboles.

Y vieron al anciano sentando en frente de la cueva. Sonreía.

Jack abrió el libro y señaló un dibujo del bosque de Frog Creek.

—Queremos volver a casa —exclamó.

La casa del árbol comenzó a girar.

El viento comenzó a soplar.

Más y más rápido cada vez.

Después, todo quedó en silencio.

Un silencio absoluto.

10

¿Quién eres en realidad?

Jack abrió los ojos.

Los últimos rayos de sol todavía brillaban dentro de la casa del árbol.

—Ya tenemos nuestro tercer regalo —comentó Annie.

Luego colocó la flor de loto junto al reloj de bolsillo del *Titanic*, y a la pluma de águila de los lakotas.

—Sólo nos falta un regalo más y te liberaremos de tu hechizo —Annie le dijo a Teddy.

El pequeño lanudo le lamió la mano.

—Eh, dime una cosa. ¿Cómo te diste cuenta de que Teddy quería que nos escondiéramos detrás de la roca? —preguntó Jack.

Annie se encogió de hombros.

—Lo sabía. Creo que lo leí en sus ojos —explicó Annie.

—¿Lo *leíste*? —dijo Jack mirando a Teddy.

El cachorro inclinó la cabeza y miró a Jack.

Los ojos de Teddy chispearon como si guardaran muchos secretos.

—¿Quién eres en realidad? —preguntó Jack, en voz muy baja.

Teddy mostró una sonrisa perruna y movió la cola.

—Ven a buscarnos pronto. ¿De acuerdo? —agregó Annie.

—Teddy estornudó, como queriendo decir: *"Por supuesto"*.

Jack agarró la mochila. Luego, él y su hermana

descendieron por la escalera de soga.

Desde abajo miraron hacia arriba. Un pequeño hocico de color negro asomó por la ventana de la casa del árbol.

—¡Adiós! —dijeron los dos hermanos.

—¡Guau! ¡Guau!

Annie y Jack se abrieron camino entre los árboles.

Los pájaros cantaban en el anochecer. Las ardillas correteaban juguetonas por entre las hojas de los árboles.

El bosque de Frog Creek se veía demasiado sereno comparado con los paisajes de la India.

Pronto, Annie y Jack llegaron a su calle. Al entrar en la casa, el último destello de luz comenzaba a apagarse.

Antes de entrar, se sentaron en los escalones del porche.

—Tengo dos preguntas —dijo Jack—.

Si el ermitaño no podía ver… ¿cómo supo dónde estaba la casa del árbol? ¿Y cómo supo que viajamos toda la noche con los elefantes?

—Eso es muy fácil. Se lo dijo la gran voz del bosque —explicó Annie.

—Hmm —exclamó Jack.

Cerró los ojos por un momento y se puso a escuchar.

Oyó que un automóvil bajaba por la calle.

Oyó un pájaro carpintero taladrando un árbol con el pico.

Oyó el cantar de los grillos.

Oyó una puerta que se abría.

Oyó a una madre que decía: "Es hora de cenar, chicos".

Todos los sonidos formaban una gran voz. La gran voz del hogar.

MÁS INFORMACIÓN PARA TI Y PARA JACK

1. Los elefantes adultos se alimentan de plantas. Comen durante 15 horas diarias y llegan a ingerir más de 400 libras de vegetación al día.

2. El peso promedio de un rinoceronte de la India es de 4.000 libras.

3. Una víbora pitón gigante llega a medir 30 pies de longitud.

4. En la India existen más de 238 clases de víboras, desde la víbora pitón gigante hasta la víbora gusano, que mide sólo 4 pulgadas y pico.

Los sagrados langures

La religión principal de la India es el hinduismo. En esta religión existen numerosos dioses y diosas. Uno de los dioses más importantes es Hanuman, quien salvó a una diosa hindú llamada Sita.

Hanuman tiene cuerpo de hombre y rostro y cola de mono langur. Los fieles al hinduismo creen que el espíritu de Hanuman vive en los monos de esta especie. Los templos hindúes que adoran a Hanuman tratan a todos los monos langures como invitados de honor.

Especies en peligro de extinción

En el siglo XIX, en la India existían más de 40.000 tigres. Hoy quedan menos de 4.000. Por esta razón, este animal es considerado una especie en serio peligro de extinción.

El rinoceronte de la India también corre un alto riesgo de desaparecer.

La Sociedad de la Protección de la Vida Salvaje de la India ha sido conformada para salvar todas las especies que corren peligro de extinción. Esta sociedad se encarga de arrestar a los cazadores furtivos y confisca todo producto derivado de cualquier animal salvaje, como la piel de tigre, el cuerno de rinoceronte y el marfil de los elefantes. Otra actividad de esta organización consiste en crear conciencia alrededor del mundo acerca de la crisis que atraviesa la vida salvaje en la India.

No te pierdas la próxima aventura de la colección "La casa del árbol", en la que Annie y Jack son transportados a Australia...

LA CASA DEL ÁRBOL #20

PERROS SALVAJES
A LA HORA DE LA CENA

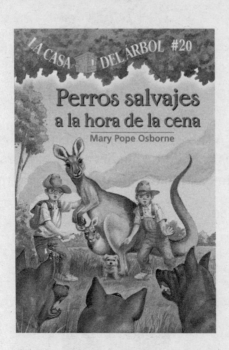

¿Quieres saber adónde puedes viajar en la casa del árbol?

La casa del árbol #1
Dinosaurios al atardecer

Annie y Jack descubren una casa en un árbol
y al entrar, viajan a la época de los dinosaurios.

La casa del árbol #2
El caballero del alba

Annie y Jack viajan a la época de
los caballeros medievales y exploran
un castillo con un pasadizo secreto.

La casa del árbol #3
Una momia al amanecer

Annie y Jack viajan al antiguo Egipto y se pierden dentro de una pirámide al tratar de ayudar al fantasma de una reina.

La casa del árbol #4
Piratas después del mediodía

Annie y Jack viajan al pasado y se encuentran con un grupo de piratas muy hostiles que buscan un tesoro enterrado.

La casa del árbol #5
La noche de los ninjas

Annie y Jack viajan al antiguo Japón y se encuentran con un maestro ninja que los ayudará a escapar de los temibles samuráis.

La casa del árbol #6
Una tarde en el Amazonas

Annie y Jack viajan al bosque tropical de la cuenca del río Amazonas y allí deben enfrentarse a las hormigas soldado y a los murciélagos vampiro.

La casa del árbol #7
Un tigre dientes de sable en el ocaso

Jack y Annie viajan a la Era Glacial y se
encuentran con los hombres de las cavernas y
con un temible tigre de afilados dientes.

La casa del árbol #8
Medianoche en la Luna

Annie y Jack viajan a la Luna y se encuentran con
un extraño ser espacial que los ayuda a salvar
a Morgana de un hechizo.

La casa del árbol #9
Delfines al amanecer

Annie y Jack llegan a un arrecife de coral donde encuentran un pequeño submarino que los llevará a las profundidades del océano: el hogar de los tiburones y los delfines.

La casa del árbol #10
Atardecer en el pueblo fantasma

Annie y Jack viajan al salvaje Oeste, donde deben enfrentarse con ladrones de caballos, se hacen amigos de un vaquero y reciben la ayuda de un fantasma solitario.

La casa del árbol #11
Leones a la hora del almuerzo

Annie y Jack viajan a las planicies africanas.
Allí ayudan a los animales a cruzar un río torrencial
y van de "picnic" con un guerrero masai.

La casa del árbol #12
Osos polares después de la medianoche

Annie y Jack viajan al Ártico, donde reciben
ayuda de un cazador de focas, juegan con osos polares
recién nacidos y quedan atrapados sobre
una delgada capa de hielo.

La casa del árbol #13
Vacaciones al pie de un volcán

Jack y Annie llegan a la ciudad de Pompeya, en la época de los romanos, el mismo día en que el volcán Vesuvio entra en erupción.

La casa del árbol #14
El día del Rey Dragón

Annie y Jack viajan a la antigua China, donde se enfrentan a un emperador que quema libros.

La casa del árbol #15
Barcos vikingos al amanecer

Annie y Jack visitan un monasterio de la Irlanda
medieval el día en que los monjes sufren
un ataque vikingo.

La casa del árbol #16
La hora de los Juegos Olímpicos

Annie y Jack son transportados en el tiempo
a la época de los antiguos griegos y de las
primeras Olimpiadas.

La casa del árbol #17
Esta noche en el Titanic

Annie y Jack viajan a la cubierta del Titanic
y allí ayudan a dos niños a salvarse del naufragio.

La casa del árbol #18
Búfalos antes del desayuno

Annie y Jack viajan a las Grandes Llanuras,
donde conocen a un niño de la tribu lakota y juntos
tratan de detener una estampida de búfalos.

Mary Pope Osborne ha recibido muchos premios por sus libros, que suman más de cuarenta. Mary Pope Osborne vive en la ciudad de Nueva York con Will, su esposo. También tiene una cabaña en Pensilvania.